AF456167

THÉO VARLET

Aux Iles Bienheureuses

Poèmes précédés
d'un frontispice
gravé au canif par
Lucien-Jacques

Éditions de l'Artisan — Cahier Nos 7 et 8

Rédacteur Fondateur : LUCIEN JACQUES

Ouvrages de THÉO VARLET

POÉSIE	*Heures de Rêve*	(épuisé)
	Notes et Poèmes	
	Notations	
	Poèmes choisis	
	Aux libres Jardins	
	Paralipomena (à paraître)	

PROSE	*La Bella Venere*, contes.	
	Le Dernier Satyre, contes.	
	Le Démon dans l'Ame, roman.	
	Les Titans du Ciel	romans (en collaboration)
	L'Agonie de la Terre	
	La Belle Valence	
	Calepin du Chemineau, épilogues (à paraître).	

TRADUCTIONS	R.-L. STEVENSON.	*L'Ile au Trésor*	
	—	*Les Marquises et les Paumotous*	
	—	*Les Gilberts*	
	—	*Les Gais Lurons*	
	—	*Le Maître de Ballantrae*	
	—	*Les Veillées des Iles*	
	—	*Le Reflux*	
	—	*L'Aventure de David Balfour*	(à paraître)
	—	*Catriona*	
	—	*Histoire d'un Mensonge*	
	—	*Le Dr Jekyll*	
	JÉROME-K. JÉROME.	*Trois Hommes dans un Bateau*	
	STANLEY J. WEYMAN.	*La Cocarde Rouge*	
	JOHN BUCHAN.	*Les Trente-Neuf Marches*	
	EMILY BRONTË.	*La Ferme des Tempêtes*	(à paraître)
	RUDYARD KIPLING.	*Sous les Déodars*	
	AMY STEEDMAN.	*Contes des Mille et une Nuits*	
	HERMAN MELVILLE.	*Un Eden cannibale*	

AUX ILES BIENHEUREUSES

par

Théo VARLET

Roi Cigalier de l'Ile du Levant

Il a été tiré du présent ouvrage
10 exemplaires sur Hollande
numérotés de 1 à 10
et 490 exemplaires sur papier
Dujardin numérotés de 11 à 500

Exemplaire N° 484

Justification du tirage

Quatre Sonnets de Porquerolles

I

La brise est fraîche encore et légère : la place
Livre son sable fauve au soleil immobile,
Et les eucalyptus agitent leurs feuillages
Où des milliers d'oiseaux joyeusement pépient.

O jour ami ! Sous ma fenêtre, le cheval
Aveugle tourne à pas résignés son manège ;
Et, déchirant le ciel de satin virginal,
Filent, ciseaux crissants, d'affolées hirondelles.

En mer, lac émaillé de turquoise, se jouent
Des barques inclinées, vols blancs, jaunes et roux,
Sur la frise azurée du continent lointain.

Et, conspuant les citadines puanteurs,
Seul dans ma joie, j'aspire, insulaire matin,
Le parfum printanier des acacias en fleurs.

II

Tandis qu'à l'autre bout de la grand' place calme,
Aux langoureux accents du piano mécanique,
Dans un bar, les soldats, en joie dominicale,
Tournoient, entrelacés par couples alcooliques.

Sous les eucalyptus parfumant les ténèbres,
Nous alternons, assis, nos divagations
Vers le scintillement du panthéiste ciel
Que le phare balaie de ses soudains rayons :

Aventureux, lassés des monotones astres
Et du vieux Jupiter éclatant sur l'église,
Notre rêve chevauche la comète oblique,

Qui, roide d'un orgueil solitaire, avec faste
S'enfonce, irrémissiblement, à l'horizon
Du beau soir que jamais nous ne retrouverons.

III

Ecume de la mer sombre, les goélands
Croassent, des écueils aux crêtes de la cale,
Et, bercés sur les flots rigides du mistral,
Entrelacent leurs jeux papillonnants et blancs.

Souples et forts comme des voiles dans le vent,
Leurs ailes, m'effleurant, translucides, s'étalent,
Et gravissent, Zénith, ta magique spirale,
Pour darder de plus haut leur symbole vivant.

Et, tandis que, là-haut, vers le soleil se pâme
En plein azur leur sûr essor aéroplane,
Je songe, ivre de vent et de classique envie :

Vers l'impossible foi de mon Ciel glorieux,
Quelles Ailes, livrées à ton flot vide et bleu,
Génie ! — et sans retour ! — emporteraient ma vie ?

IV

Bonace. A l'horizon de lumière estivale,
Le continent sculpte sa frise sur la mer ;
Et la pinède, rose-fleurie de bruyère,
Au long des rochers roux se mire dans la cale.

Mais en vain le décor des jours heureux s'étale :
Et cette sieste n'est qu'un leurre. — O doux hiver,
J'attends le vol bavard des guêpes familières
Et le grésillement méridien des cigales !

L'orange qu'au ciel bleu ta main, Amie, oppose,
En vain crie mon désir de libre apothéose,
Et la joie de mes yeux subtilement torture

L'intempestive nostalgie des nudités
Où ta souple statue me livrera l'Azur
Antique, aux paradis solaires de l'Eté.

Villégiature

I

C'est la saison, Amie, des plages élégantes
Où la digue au soleil est un trottoir urbain,
Où la vague bénigne et rieuse s'enchante
A flatter des sirènes en costume de bain,
Où la brise du soir languissamment évente
Les concerts et les flirts des casinos marins ;

C'est la saison, c'est la saison, loin de la ville,
Du tourisme et des randonnées automobiles
Aux pays du Joanne et des sites fameux.

Dis-moi, petite sœur de mon âme, tu veux
Partir ?

Là-bas, au cœur de la mer vide,
Sans rocking-chairs, bars ni tziganes,
L'île de mes désirs sauvages et torrides,
L'île de mes étés grésille de cigales.

Assez des livres et des toits :
Plus rien que moi et toi ;
A nous deux seuls, là-bas,
— Hors de l'Histoire, hors de cette ère importune ! —
A nous
Les rocs, baignés d'eau bleue et de vives écumes,
Etalant au soleil leurs ardents matelas !

A nous, soleil ! à nous, mer chaude, ton baptême !
Depuis des ans, des siècles d'exil, ce suprême

Désir, ô ma sœur préhistorique, nous ronge,
De ressurgir au bord vivant de notre songe,
Debout, chair lumineuse et fauve sur l'azur.

Plus haut ! escaladons les rocs inaccessibles :
Dans le maquis hargneux plonge tes jambes nues
(Ah ! délice
Farouche de ton sang tatouant ta peau brune !)
Et, le soleil hâlant nos chairs griffées d'épines,
Héroïquement seuls, sauvages, radieux,
Libres et purs comme les bêtes et les dieux,
Pour nous resplendira le ciel des Origines,
Des roses de lauriers rouges dans tes cheveux.

— Dois-je te révéler (tu le sais mieux que moi)
Le vrai secret de notre joie ?
C'est, même alors, sur les accords myriadaires
De nos terriblement civilisés vieux nerfs
Que nous modulerons ces barbaries premières ! —

N'être donc plus enfin que brute belle et nue
A ce centre éternel de l'unique Nature !

Qu'importent les joyaux de la littérature !
Aquariums plus nets que des sources,
L'eau tremble en moires irisées de lumière
Sur le sable argenté
Et les oursins violets parmi les algues rousses.

Qu'importe tout !
Du fond incandescent de la sieste enchantée,
Ecoute clapoter l'eau bleue dans les rochers,
Ecoute, à travers ton sommeil,
Accablée volupté d'un rêve immémorial,
Dans les pins, par milliers, les cigales
Grésiller, trille, plein notre île, de soleil.

Tout le jour, tout le jour immense, depuis l'aube,
Nous jouerons le jeu nu de nos métempsycoses
Sur ce roc émergeant des paradis passés ;
Tout le jour, inlassés
De vous, soleil, azur, flots bleus, rochers ardents,
— Jusqu'à l'heure où la nuit dévore le couchant.

Mais alors, sous les pins sombres troués d'étoiles,
Enlacés aux plis d'un manteau,
Dans mes bras rudes de jadis tu blottiras,
Silencieusement, ô sœur immémoriale,
Le soleil de ta chair et le sel de ta peau.

Avec, autour de nous, l'air libre à l'infini
De la préhistorique nuit,
Tout l'air universel vaguement agité
Par nos deux cœurs, à l'unisson de nos poitrines,

Sans gloses poétiques, amoureuses ou divines,
Sans langueurs ni sentimentalités
A la lune, dont l'aube luit entre les pins,
Sans guetter sur les flots le chant bleu des sirènes,

Enfouissant mes yeux
Ivres de sommeil noir
Dans la mer phosphorescente de tes cheveux,
Nous nous endormirons, couple de hors-l'histoire,
Seuls dans notre île, au centre obscur de l'océan,
Sous les vols et les cris farouches des goélands.

C'est la saison, c'est la saison, loin de la ville,
Du tourisme et des randonnées automobiles,
Au pays du Joanne et des sites fameux...

Dis-moi, petite sœur de mon âme, tu veux
Partir ?

II

Couché, face à l'azur, sauvage nu, dans l'antre
Où les strates du tuf ocreux et micacé
Brillent au dur reflet de cette arène ardente,
Je m'éveille et recueille, lyrique insensé
En mal d'égratigner quelques vers nonchalants,
Un roseau naufragé parmi les varechs blancs.

Littérature !

Je ris au plein soleil, roi libre de mon île
Déserte, au bord de l'anse minuscule
Où limpidement les vaguelettes babillent,
Toutes tièdes sur le clair sable miroité.

Emeraude et bleue, la mer arque l'horizon large
Sur l'azur bienheureux des éternels étés ;
Là-bas,
En calme et translucide frise de montagnes,
Le lointain continent s'estompe de lilas.

Soleil ! dans l'île extasiée,
Plein les pins, les lentisques et les arbousiers,
Plein mon île
Longuement endormie au soleil de midi,
Des millions, des milliards de cigales grésillent.

Soleil ! soleil ! je vais chanter
Les goélands tournoyant sur les rochers déserts
Et la voile glissant, blanche, en plein outremer,
Sur le beau ciel d'été...

Mais non : bon sauvage marin,
Couché, face à l'azur, dans l'antre,
Complaisamment recuit sur cette arène ardente,
Je ne désire rien,
Caressé par la brise universelle et libre,
Sans fatras littéraire, sans papier, sans livres,
Sans frères-hommes et sans Dieu
— Et sans pensées non plus, pardieu ! —
Sinon livrer à l'heure heureuse ma chair ivre.

Cigales, célébrez mon lumineux royaume :

Moi, jetant le roseau, je retourne au sommeil
Dans le sable argenté de l'antre où le soleil
Joue en reflets ardents sur le tuf d'ocre jaune.

En Eden

I

Depuis Hyères jusqu'au cap Lardier, on l'aperçoit, étalant sur l'horizon marin son insulaire frise de montagnes bleutées. Parfois, les gens du Lavandou vont, autour de ses côtes poissonneuses, caler palangres et langoustières ; ou bien, lors des passages d'automne, des chasseurs y abordent, pour brûler quelques cartouches. Mais jamais touriste ne se hasarde sur l'île du Levant, honnie des Guides pour son manque de confort et d'intérêt. Rien à voir, en effet : dix kilomètres carrés de bois et de brousse ; à chaque bout, une demi-douzaine d'habitants sédentaires — pêcheurs, sémaphoristes, gardiens de phare — pas de chemins dignes de ce nom, pas d'hôtel, pas même de vivres ! Qu'y viendrait-on faire ?

A trois lieues des côtes de Provence, c'est l'île déserte, une des dernières au monde, un suprême refuge pour décivilisés férus de sauvagerie âpre et lumineuse.

Comme les parfums d'autres terres annoncent au loin leur volupté fleurie, d'un mille au large celle-ci, toute verte sous le soleil, semble, avec le grésillement énorme des myriades, des millions de cigales, souverains habitants de sa solitude, frire dans l'irradiation méridienne de la mer.

Rien n'a changé depuis un an ; rien ne peut changer : nous sommes ici hors l'histoire humaine. D'un coup, et sans surprise, nous revoici ceux d'il y a douze mois, nous reprenons, où elle s'arrêta, la merveilleuse Aventure ; — et, dans le total oubli de la routine civilisée, se détache en cru relief la sensation de la minute présente où s'absorbent uniquement nos toutes primitives ingénuités.

L'orée de la pinède, d'où la pente dévale, roide, avec ses verdures de cistes, de bruyères et de myrtes découpées sur la mer. Pas un souffle. Les cigales, apaisées, une à une se sont tues. Entre deux verdoyants promontoires, la frise du couchant étale son immobile magnificence. Ruisselant en feu sur l'eau lumineuse et lactée, le soleil affleure la paisible ondulation cendre-bleue du continent qui borne ce lac illusoire. Et, tandis que le crépuscule improvise ses variations sur l'éternelle polychromie, le silence gagne. Au bas de la falaise clapote une vaguelette — ou le sursaut d'un poisson. Une cigale ébauche un dernier grincement. Un lointain piaulis d'oiseau, un frémissement de moustique, attestent la majesté du silence. La toison blonde et feutrée des aiguilles de pin s'assombrit ; les verts s'éteignent sur les rochers ternes.

Par-derrière, le bois est ténèbres, sauf un peu de ciel, à ras de terre, sous les branchages. A peine si une pâle blancheur nous guide vers les hamacs suspendus.

Là-bas, aux Amériques, les " camping-societies " ont extrait de leurs chariots automobiles un ingénieux attirail de tentes-dortoirs et de matelas pneumatiques : des milliers d'imbéciles s'en vont déshonorant par leur sportive intrusion les forêts demi-vierges. — O mon Amie, songe ! Aux accents du *Yankee Doodle,* ils mixtionnent, sur des fourneaux à essence, le vespéral cacao ; ils s'asseyent, sous les lampes électriques, à la table où fument les tasses alignées, et, graves comme prédicants, infusent à ce breuvage l'hygiénique bénédiction de leur *God Almighty !*

Entre la colonnade des pins, la mer achève de s'obscurcir. Mollement suspendus, les hamacs nous balancent au fil de la paix crépusculaire. Le vol brisé des silencieuses chauves-souris strie l'azur sombre, nous effleure. Un phare pique au flanc du cap Bénat son rubis intermittent. Les étoiles se multiplient. Des ondes de fraîcheur coulent sous les pins, caressent notre visage, avec les parfums de la nuit.

Le sommeil. Non pas la noire torpeur des lits, sous les toits claustrés, mais un assoupissement léger qui s'étire dans l'espace (comment nul poète ne célébra-t-il encore les voluptés du hamac ?), un repos où les muscles seuls s'abandonnent, tandis qu'aux glissades inconscientes succèdent les alertes des bruits peuplant la solitude primitive, où l'on jouit de surgir, yeux entr'ouverts, à savourer la succession des heures.

Loin enfin des abominables bruits familiers ! Claquement des fers propulsant sur l'asphalte les fiacres à pneus, timbres de tramways, cornes d'autobus, rumeur des grandes villes ; — talons sonores des passants attardés au pavé des sous-préfectures ; — clocher rabâchant sur le village sa stupide sonnerie ; — et même, au plus reculé des campagnes, carriole roulant sur la route, aboiements alternés des chiens infâmes, cocoricos des bellâtres Chanteclers : — rien, rien n'évoque ici l'odieux voisinage humain. Nous sommes seuls, voluptueusement seuls au centre de la nuit panique...

Les ténèbres sont complètes : les étoiles piquent, lampyres, la ramure des pins. Au rythme de ma respiration, le hamac oscille, pendulaire, dans la nuit fraternelle ; c'est avec l'air libre, l'air élastique à l'infini que mes poumons communiquent, avec le rêve universel, la sérénité de l'île et de la mer endormies.

Mes frères-hommes, là-bas, dans les villes et les campagnes, mes frères civilisés ronflent, au fond de leurs chambres asphyxiques ; — certains même, hygiénistes sectaires, *Naturmenschen* en chambre, ouvrent la fenêtre pour librement communiquer avec les déchets respiratoires de leurs concitoyens !

Alerte ! — qui met en joie mes nerfs décivilisés, avides de danger : des griffes grattent le tronc du pin, à nos pieds, descendent avec lenteur, tâtonnent, éprouvent la corde de mon hamac, se décident pour l'autre... Je me dresse, Persée, prêt à combattre ; mais un sursaut d'Andromède, et son rire, dispersent le monstre et mon héroïsme au rabais : — c'est un rat, un pleutre de gros rat, qui te prenait, ma foi, pour une belle-madame snobique !

D'autres rumeurs, vite réduites à leurs anodines proportions, me tiennent encore aux aguets : écureuils turbulents, hiboux s'ébrouant dans les branches, pommes de pin recroquevillées à la rosée. Des troupes de goélands passent et croassent sauvagement. Par intervalles tinte la note cristalline d'un crapaud. Les flots lèchent avec mollesse le pied de la falaise...

Nous sommes loin, plus loin que les Antipodes, plus loin que tout, hors du siècle, hors du temps...

Une lueur. Les pins se découpent, nets, sur le ciel pâli. Des cigales somnambules ébauchent en sourdine quelques craquètements... C'est la lune, et rien de plus, qui se lève, mi-dégonflée, sur la crête de la colline, entre les pins.

Et les rêves de hamac, rêves aéroplanes et de sidérales lévitations, m'emportent...

L'aube, cette fois, indéniable. Sur la terre ferme, les étoiles s'évanouissent. Seule, la blanche Vénus monte avec lenteur dans l'orient lucide. A mesure qu'elle s'élève, l'horizon s'éclaire. Calme absolu. Sur l'eau vaguement azurée, une teinte lilas gaze l'obscurité de la terre. Du rose colore, à travers les feuillages, le ciel verdâtre. Contours et couleurs s'accusent. De grosses gouttes de rosée tombent, par intervalles. Quelques hasardeuses cigales risquent des appels brefs.

Le Bénat saillit, plus proche, sur l'uniformité neutre du continent. Le soleil est levé, en mer, et sa gloire lumineuse fuse par-dessus les ramures. Tout le long de la côte bleu-mauve, les méplats s'éclairent, accusent, entre de grands creux d'ombre, les reliefs familiers. A gauche, la colline s'illumine par le faîte ; puis, dans l'azur neuf, au-dessus de nos têtes, les branches roses et les verts bouquets d'aiguilles. Dans l'unanime hosanna des cigales grinçantes, le soleil glisse jusqu'à nous son baiser ardent. — Debout !

Par le rude escalier des rocs, nous dévalons à la crique familière taillée net entre deux pointes que prolongent à ras d'eau des récifs vêtus d'algues rousses et vertes, fleuries d'ulves blanches et incrustées d'oursins violacés. L'air est frais ; la peau nue, amollie de sommeil, frissonne devant cette transparence profonde d'aquarium. Mais l'enfantillage vaincu d'un plongeon décisif, quelques brasses violentes avivent le réveil. La crudité des couleurs pénètre nos yeux ; les cigales, piment de la glorieuse solitude, aiguisent nos nerfs ; et, ruisselants, anadyomènes, nos membres s'étirent au soleil. Des oursins pesants, gros comme le poing, offrent à notre faim matinale leur savoureuse étoile de chair rose ; et, vite vêtus — tous deux en vareuse et pantalon outremer — nous gagnons, par les rochers, la hutte qui nous sert de magasin. A l'autre bout de la plage, devant la maison basse, la femme du pêcheur, occupée à ses filets, nous lance un clair salut. Plein les arbres du vallon, les cigales grincent. Des chèvres mi-sauvages bêlent, parmi les buissons de ciste et de romarin.

Le thé bouilli à la flamme résineuse des pignons, nous voici en route, sac au dos et bâton ferré, dans la jeunesse éclatante du jour.

Gravissant la pente sud, un vague sentier rejoint, à la lisière du bois, une route, carrossable encore sous un épais tapis d'aiguilles. Un parc fut, ici : les eucalyptus découpent sur l'azur profond, plus haut que les grands pins d'Alep, leurs bouquets de feuilles en faucilles ; des yuccas hérissent leurs panoplies acérées ; les mimosas étalent leur verte dentelle à pois jaunes ; les fleurs vermillon des grenadiers rehaussent les pittospores vernissés ; tout un bois d'éclatants lauriers incarnats et blancs nous offre — pour fleurir ta chevelure, Amie ! — ses roses insolites ; et, derrière un formidable fouillis de ficoïdes, de nopals et d'agaves de bronze vert, barbelés et massifs, entrecroisant leurs hampes-candélabres, apparaît la façade d'une grande maison, fenêtres béantes, volets arrachés, toiture crevée, débris d'âges anciens.

Là, nous dit-on, vivait le " Directeur de la Colonie ". Mais le supput ordinaire des ans nous échappe. Ce demi-siècle se perd dans un recul énorme et vague, incommensurable, aussi lointain que l'époque du Monge-des-Iles-d'Or et le temps où les Sarrazins tenaient les adustes hauteurs du Castellas. L'île abandonnée, refaite vierge, confondant les âges où des hommes, jadis, l'occupaient, dans un même lointain légendaire et inaccessible, s'est évadée hors de l'Histoire, rendue à l'éternelle sérénité de la nature déserte.

A l'angle des ruines, nous montons, sous le couvert des pins. Les cigales, apeurées, haltent à notre approche, ou bien filent, stridulantes, s'agrafer sur nos vareuses : ailes de celluloïd dendrité, gros yeux gris-d'argent striés de raies noires, — pour replonger, grincement joyeux, à l'azur ébloui.

Le sentier s'efface, au flanc de la colline, dans la verte épaisseur du maquis : il faut laborieusement le dépister à travers les cistes roussis et poisseux, les myrtes fleuris d'étoiles blanches aux senteurs d'oranger, les lentisques secs et les souples bruyères.

Un instant, près du vieux fort démantelé qui détache sur le ciel ses arêtes crues, à côté de troncs incendiés, toute l'île découvre son relief, encerclée par la mer depuis la pointe sud — bois, rochers, falaises, calanques — jusqu'au vert plateau du sémaphore. Puis le sentier se voûte de bruyères géantes et d'arbousiers arborescents aux baies vermillonnées, et se perd à nouveau dans la brousse, où l'on s'enfonce à coups de coudes et de hanches, comme dans une foule. On bute aux branches entrelacées sous les feuilles, on se déchire, on s'écorche aux arêtes des souches ; et c'est à l'aveuglette qu'il faut dévaler la pente, enragés et suants, héroïsés par cette lutte primitive, pour déboucher enfin au fond d'une crique, dans la joie lumineuse de l'air marin.

Du tapis des varechs blanchis au soleil, une troupe de goélands s'essore avec des claquements d'ailes et des cris affreux, et va se poser, flocons d'écume, sur la face bleue de la mer. Seul, un gros plongeon, maculé comme une pintade, nous examine, et sans hâte, s'éloigne, ses deux pattes palmées ramant sous l'eau transparente.

Mais la verte limpidité de cette eau sur le sable, le bosquet où s'abrite, parmi les fientes d'oiseaux, la cuvette d'une paresseuse fontaine, ce charme de sauvagerie intime ne nous arrête pas. La grotte, là-bas, est meilleure.

Nu-pieds, escaladant les blocs de micaschiste, guéant les dalles corrodées et rugueuses où tremblent les flots brasillants, nous allons, sous le soleil d'août et les cris farouches des goélands.

La voici enfin, large ouverte dans le tuf fauve, ombreuse, sablée de quartz et de mica. Et, devant, la fraîcheur liquide s'offre à notre bain.

Splendeur des chairs hâlées dans la libre atmosphère ! Hors des hardes civilisées, ta nudité, volupté de mes yeux, exaspère, dorée, l'outremer du ciel et l'indigo de la mer. Te voilà pure, ainsi, comme une déesse de marbre, et plus parfaite d'être vivante et mobile dans la lumière, chair intégrale : tes attitudes incarnent ces rêves de beauté épars en mille effigies pétrifiées qu'il faut explorer dans le jour de souffrance des musées, parmi l'abjecte promiscuité des foules ! Chair unique et totale, glorieux symbole d'humanité, haussée par cette solaire transfiguration à l'éternelle existence...

Et là-bas, sur les plages, sur toutes les plages civilisées d'Europe, c'est aussi, devant les terrasses des casinos, l'heure du bain. Trempette de maillots obèses, sotte jeunesse en glapissante grenouillade ; — et, au mieux-aller, les mondaines sirènes à bonnets caoutchoutés : bras et jambes blancs comme peau de porc flambé, gracieux empaquetage des complets de bain, opposant avec méfiance aux vagues leurs croupes encorsetées, tandis que d'obscènes gentlemen braquent monocles et kodaks sur ce tant érotique spectacle...

A l'eau !... Brassant le fluide cristal bleu, nous étirons en libre souplesse, pesanteur abolie, nos membres nacrés par la transparence. — Et voguent à la dérive nos corps, paupières closes dans l'éblouissement du soleil zénithal, doigts croisés sous la nuque, au parfait hamac des eaux tièdes... Ou bien, jeux des poursuites amphibies, souples voltes et nages éperdues, feintes des longs plongeons parmi les troubles paysages sous-marins, — et jaillissement bienheureux à l'air libre, au rire profond de la lumière...

Oursins, arapèdes coriaces et iodés, vivres rustiques et vin noir, notre faim s'apaise. Sous la voûte de tuf où jouent en moires de lumière mouvante les molles ondulations de l'eau miroitante, nous restons, paisibles et nus, paumes au menton, à plat ventre accoudés dans le sable.

De Port-Cros soudain — bas sur l'eau, fumant par ses quatre cheminées — un contre-torpilleur débouche et file, refoulant une proue d'écume vive.

Dans l'impassibilité de cette sieste au large du siècle éclate le souvenir de la Civilisation.

Sur le Continent, là-bas, c'est certain, sévit le turbulence de l'Age scientifique. Les sirènes des trains déchirent la campagne, les autos fuient devant leur sillage puant, les aéroplanes-ptérodactyles évoluent sur l'horrible frise des cheminées d'usines et des antennes de sans-fil... partout sur la vaste terre, villes, dynamos, tramways, music-halls, casernes, journaux, cafés, politique et le reste ; et, en attendant le Grand-Soir ou la Guerre-dans-les-Airs, les poètes argumentent sur l'opportunité d'une restauration classique.

Partout. Sauf ici.

Car déjà la noire mécanique a disparu, et, comme le calme après la fuite d'un dauphin roulant sa roue luisante, renaît l'oubli du temps.

Guère plus qu'un décor, le Continent, là-bas, frise mollement cadencée, n'importe.

Lumière, infini grincement des cigales, la minute occupe nos nerfs de son relief exclusif.

Et nous voici les seuls humains sur terre, l'unique foyer de la conscience, au milieu des Choses, vierges de littérature ainsi qu'aux premiers jours.

Le soleil nous a envahis ; et, dédaigneux de l'ombre, nous affrontons la cuisante étreinte, toxique baignade au sein des ondes éthéréennes criblant les pores de notre chair, pour nous voluptueuse torture et paradis artificiel.

Métempsycose éblouie de suraiguë jouvence et de resplendissantes paresses. Solitudes de jadis vécues sur le sable en feu de tes grèves, Archipel Austral, Iles d'Or du passé où les palmes sur l'implacable outremer frémissent, tandis que les longues houles bleues déferlent sur les récifs de corail ; — Otaïtis mystérieuses où s'éveilla jadis à la lumière, pour la première fois, notre Couple anadyomène...

Trois Sonnets du Levant

I

Restitués aux ingénuités d'Eden,
Dans le mystère chaud des oliviers sacrés,
Nos souples nudités s'attirent, sous les rais
De lune blanche, aux nuits méditerranéennes ;

Et, l'échine cambrée d'une Joie surhumaine,
Tu m'appartiens, ce soir, Fille des Empyrées ;
Ce soir, Vierge inconnue, je te révélerai
Les Jeux pâmés de volupté... Premier hymen :

Au lit de l'herbe, tous les parfums de la terre
Divinisent ta chair, Amante ; les étoiles
Constellent, vers-luisants, tes cheveux : — Evohé !

Je bois tes lèvres, coupe ardente de Lumière ;
Je bois l'Amour-Nouveau ; je ravis, triomphal
Daphnis, le pucelage ébloui de Chloé,

— Pour nos délices, chers complices adultères.

II

Loin du travail stupide et du rêve imbécile,
Je meurs ! — Que le Poison jouvenciel et tes doigts
Musicaux, mon enfant, hors la veillée d'exil
Emportent ma pirogue aux houles de la Joie !

Métempsycose ! Les Océans d'Autrefois
Baignant au vrai Soleil les grèves de mes Iles,
Je vis ! et, vagabond triomphal, je défile
Sous les palmiers natals qui m'ombragèrent, roi.

Sous les palmiers natals je plane, et le hamac
Berce, dans l'infini d'amours paradisiaques
— O Poison, sieste d'or ! — mon génie splénétique.

Par les Cieux musicaux de la Béatitude,
Mon âme ressuscite et se pâme, étendue
Sur la Lyre éblouie de l'Apollon panique.

III

O royaume secret d'antique solitude !
Sous le bois merveilleux et l'azur balancé,
Le hamac, aux remous de la brise nocturne,
Emporte mon sommeil en songes d'Odyssées.

La mer, au long de l'Ile, fraternelle, murmure ;
Seuls, les rauques goélands tournent, aux promontoires ;
Et mes yeux mi-dormants guettent, dans les ramures
Sacrées, l'ascension sereine des étoiles.

— Mais, cris joyeux des hirondelles en amour,
Voici l'aurore... Et, à la proue fraîche du jour,
Monte encore un soleil de l'Eden enchanté.

Terre ! Debout ! Et ma pirogue amarrée plane
Sur la bruyère, entre les pins ; et les cigales
Pour mon réveil secouent tes grelots d'or, Eté !

En Eden

II

A fleur de sommeil encore, par une maille du hamac, mes coups d'œil espacés guettent, après la nuit sereine, l'épanouissement de l'aube. Entre les pins, à contre-jour profilés sur le ciel limpide, se dissolvent les étoiles, et seule, la blanche Vénus brille toujours en plein orient clair. A l'horizon, sur la mer de saphir repose le continent lilas. L'aurore parmi les ramures basses s'allume. Dans le calme du bois sacré fleurant la résine, les mouches bourdonnent. Les premières cigales, impatiemment, appellent le soleil. Au-dessus de ma tête, derrière la dentelle des pins, le ciel est bleu.

Dans le hamac jumeau, Zéade ouvre les yeux à la joie lumineuse de ce nouveau matin.

Un jour de plus, l'Eden nous est ouvert. Insulaire apothéose de l'été, convoitise interminable au cours des mois civilisés, une fois de plus, dans ce glorieux exil la barque, naguère, nous déposa. Ile abandonnée, dernier refuge sur la face de la planète sociale, à nous seuls bois et brousse, à nous rochers, calanques ; à nous, sur la mer éternelle, l'évasion aux Origines, au cœur des préhistoriques solitudes !

— Je veux ici commémorer un jour encore de nos mystères annuels, la renaissance aux ingénuités animales, et l'ivresse nue de l'inhumaine liberté.

Le continent s'éclaire : le soleil est levé. Sa gloire fuse des ramures ; à l'ouest, s'illumine la colline, puis au-dessus de nos têtes les branches safranées et les vertes houppes d'aiguilles... Dans le grinçant hosanna des cigales, le soleil nous imbibe de son chaud baiser.

Hors des couvertures, à bas des hamacs, nous reprenons pied dans cette vie inimitable, où chaque minute, en cru relief, n'est pas moins précieuse et splendide que le souvenir du premier jour, lorsque, voici quatre ans, nous y débarquâmes.

Vêtue comme moi de toile azurée, pantalon et flottante vareuse, — en toi, Zéade, virile Amie, beau compagnon, mon frère, sans nul fatras sentimental, je vois orgueilleusement vivre mon plus beau moi.

Face à la brise d'est qui se lève, dans la jeunesse de l'Aventure natale, nous montons vers les Roches-Blanches, et l'âpre cadence des cigales nous pénètre, qui matérialise la vibration même de la lumière, l'ivresse dionysiaque de l'été. Par myriades collées aux troncs écailleux des pins, à ceux lisses et cendrés des eucalyptus, elles s'envolent, nuée, sur notre passage, et filent dans l'azur ébloui, ou butent, folles, et s'agrafent à nos vareuses, à tes cheveux, vivants et stridulants bijoux.

Le sentier raviné gravit d'abord la roche pailletée de mica, veinée de gros cristaux, laiteux ou transparents, de quartz, qui grincent sous nos souliers et nos bâtons ferrés, étincelant au soleil entre les hauts fourrés de brousse ; et ces marches d'argent et de marbre nous haussent à l'arête culminante de l'île.

Qu'importe la madone, vainement bénisseuse, qui s'y dresse ? Ce symbole d'une civilisation reniée nous est plus étranger qu'à l'essaim d'abeilles bourdonnant autour de son piédestal creux — leur ruche ! — sur les dernières feuilles des cistes rouillés.

Là-bas, le continent étale au nord de quatre lieues de mer sa paisible frise bleutée, derrière les sommets insulaires, depuis les verdoyantes collines de l'Arbousier, où cesse notre domaine ; puis les hauteurs de Port-Cros, et Bagaud, et Porquerolles, jusqu'à Giens et la terre de Provence : — là-bas sur le continent du XXe siècle, son règne persiste. Christianisme hypocrite, il est, là-bas, dimanche.

Et, descendant vers le nord, où notre île se relève et coupe net son plateau sur le large, je songe aux millions, aux centaines de millions d'humains qu'infecte la contagion dominicale. Ennui puant des villes, et cloches : odieuses sonneries des cloches, depuis l'aube. Excursionnistes et guingettes des banlieues, trains de plaisir, fanfares municipales ! — et les mains calleuses, hébétées de chômage, au bout des manches trop longues des sinistres beaux-habits des dimanches...

Le soleil chauffe, par l'ouverture de nos vareuses, ma poitrine, et ton cou hâlé d'adolescent. Lézards et couleuvres froissent les feuillages et sillonnent le sentier. Les cigales précipitent leur rythme halluciné. Deux tourterelles sauvages, déployant l'éventail bariolé de leur queue, s'enlèvent sous nos pas.

Le vallon du Javieu enfonce vers le sud, tropical fouillis, les gerbes, retombant en lanières argentées, de ses gynérions ; ses yuccas et ses palmiers — évadés au hasard de jardins abolis — encadrent d'idylliques et impénétrables bosquets un triangle marin de bleu transcendantal.

Au puits de la noria je coupe, pour la pêche prochaine, deux longs roseaux. Et, remontant le vallon par un sentier qu'envahissent bruyères, lentisques, arbousiers, nous passons la crête. Sur la déclivité croissante, une vieille piste à peine se repère dans la brousse. Cistes, genévriers, myrtes, sous la rude froissée des jambes et des poings, soufflent leurs parfums secs ; les fleurs de romarin neigent en brins de tabac d'Orient, et la bruyère nous encense d'un pollen sternutatoire.

Par une roide pente, cailloux roulants que parsèment des touffes de lavande et de thym, repaires à geckos et à lézards gris, roche fauve et micacée, — appuis sous les doigts effrités — nous dévalons jusqu'aux blocs littoraux.

En un tourne-main, nous voici lumineusement nus, livrés à la caresse de l'air universel : et tu bondis et plonges à pic dans l'eau glauque de la calanque, où je te rejoins, pour un bref ébat, une étreinte liquide à brasses précipitées ; — et nous émergeons, ruisselants, vêtus d'éphémère fraîcheur. Car ce n'est pas l'heure des jeux et des flâneries fluides : il s'agit, avant l'embrasement méridien, de pêcher un repas dont le bissac n'enferme que de minces accessoires.

Cette côte est si peuplée que la pire amorce accrocherait les poissons rôdant parmi les algues cespiteuses. Mais voici mieux : le corps mou des bernards-l'hermite qui vont, dans cette flaque, tirant obliquement leurs tornatelles empruntées, fera merveille. Une poignée de ces crustacés bâtards, un galet pour les dégaîner, d'un coup sec et mesuré ; et chacun, installé en surplomb de ce merveilleux aquarium, jette la ligne. Mécanique, le souci de ferrer à point le poisson imbécile que ne rebute l'excessive transparence : — ma rêverie erre dans ce monde liquide, parmi les paysages de cette atmosphère mille fois plus dense que la nôtre, où quelques pieds de recul teintent les objets de vert, comme dans l'air supérieur se gazent d'azur les plans lointains.

Sur le fond de galets illuminés d'émeraude, les ombres des poissons défilent, et leurs remous ondulent aux chevelures des laminaires et aux verts bouquets d'ulves ; des touffes de filum, vermicelle animé, s'agitent, vermiculaires ; les plocamies carminées étalent leur dentelle ; les oursins, noirs, pourpres, roses, crème, hérissent leurs alvéoles ; violettes, bronzevert, blanches ou vermillon, les étoiles de mer constellent le sable, épanouissant leurs fleurs, opale, rose-thé, céladon ; et çà et là, de grosses holothuries reposent, comme des crottes fainéantes piquées de perles...

Presque à la fois, tous deux nous saluons les étincelantes captures qui frétillent en l'air, au bout des lignes.

Et, crevant, d'un coup de lame, l'obtuse cervelle de la bête, avant de la mettre au frais dans un trou d'eau, puis écrasant la coquille des pagures, à qui l'on arrache les pinces pour les enfiler vifs sur la courbe de l'hameçon, je ris haut des sentimentalismes citadins, de leurs hypocrites pitiés : car tantôt ces meurtres aboutiront au rissolage de succulentes nourritures, — sarans à grosse tête, rouquiers opimes, girelles bariolées de blanc, rouge et bleu.

Stupidement, les escouades de bars et de daurades évoluent autour de l'hameçon, que dédaignent les mulets longs d'un empan, défilant à la queue leu-leu ; une famille de scombres tigrés de noir et vert glisse dans les creux, dont j'envie les fraîches forêts d'algues, et les grottes où se lovent les noires murènes ocellées d'ocre, — où brillent, perles de jais, les yeux d'un crabe à l'affût.

Nos dos brûlent au soleil comme le rocher que, seule, tient frais notre ombre. Sous le chapeau de paille que débordent tes cheveux déjà secs et rebouclés, ton échine s'incurve, Zéade, et j'admire tes bras, attentifs à tenir la longue canne. S'ils évoquent un instant le jeune pêcheur du musée de Naples, je suis aussitôt rejeté hors de l'art figé, à la beauté préhistorique et nue, par ta chair vivante, fauve comme le pan de cet aduste promontoire...

Assez. La pêche est suffisante, et nous avons faim. Tandis que je recueille épaves de roseaux, branches et bois secs, et que j'allume, montant droit vers l'azur, la flamme d'un sauvage foyer, Zéade, jusqu'aux hanches immergée, arrache dextrement les pelotes hérissées des oursins et les cônes des arapèdes, dont la chair coriace et apéritive, mieux iodée que nul coquillage, concentre les saveurs marines.

Allongés sur la roche la moins rugueuse, nous mangeons ; et la chair rose des oursins, les poissons amoncelés, allèchent les taons vert-de-gris, aux gros yeux duvetés. Ils nous harcèlent de bourdonnements bavards, cherchant le pore où enfoncer leur piqûre sanguinaire, — foudroyés d'une claque opportune — les taons inlassablement renaissants. De larges vanesses, somptueusement bariolées, rôdent, nous frôlent de leur silencieux vol de chauve-souris, se posent sur ta joue, Amie, tentés par la fleur prodigieuse de tes lèvres que farde le vin violet ; mais ils préfèrent le gobelet plein, où ils se penchent, déroulant leur trompe transparente pour boire, ivrognes, au chalumeau.

Le pain manque, depuis hier. Mais qu'importe ! Et nous conspuons le ridicule préjugé du pain-essentiel, sacro-saint et mystique, symbole occidental de la civilisation.

Souviens-toi de Robinson, l'ami de nos enfances qu'inquiétaient déjà les pressentiments vagabonds aujourd'hui réalisés. Quel triste hère il fait, ce pauvre Crusoé pleurard, regrettant pain, habitudes et société de ses contemporains ! Britannique protestant esclave des routines, qui passait dans son île le Sunday rituel, à d'ineptes méditations bibliques ; qui revêtait de pudibonds caleçons l'inoffensif Vendredi ; qui s'empêtrait à reconstituer le home natal, les arts brumeux de son pays, dans la généreuse nature tropicale !...

La brise est tombée. Les murailles de schiste, surchauffées, sans un pied d'ombre, emprisonnent la touffeur ; et, même sur cet îlot grumeleux où s'étale notre sieste, nul air frais ne monte de la mer immobile, engourdie sous l'éblouissement zénithal. Cette fois encore, rudement empaumés par les méplats de la roche brûlante, livrons-nous, héroïques, à l'incubat sacré du soleil.

Soleil ! volontairement retournés à la simplicité primitive, le long des mers originaires de la vie, nous absorbons la joie de la Lumière, que tu prodigues au monde épanoui sous tes rayons.

Soleil ! tes rayons infusent à notre chair la vertigineuse sénérité cosmique, nous baignent dans les mystérieuses et panthéistes ondes de l'essentiel Ether.

Nous buvons, à la source jouvencielle, la Force fondamentale d'où procède toute existence, où tend chacune des créatures, de tes créatures, Soleil, ô Père universel de la vie planétaire, Source et Origine de nos destins, lieu et foyer de toute vie concevable ; Soleil, dieu resplendissant de nos cieux, suprême dieu terrestre, seul dieu humainement accessible, base et substance de notre Univers, Emanation pour nous de l'éternel Mystère. Au feu central du monde nous nous torréfions, accablés sous l'extase de sentir s'enfoncer en nous ses radieux stigmates.

En vérité, nous retrouvons à notre usage personnel — et sans prosélytisme ! — une religion solaire, un suraigu paradis égal aux plus puissants kifs artificiels ; et le hâle dorant notre nudité, le hâle talismanique infusé par de patients holocaustes, nous garde des ridicules fléaux que l'hygiène puérile et honnête ne manquerait pas d'infliger aux pâles chairs citadines fourvoyées dans notre sauvage et incandescente oraison...

Un bain ; une sieste encore, au creux de cette calanque où l'affolée stridulation des cigales fait pétiller le soleil en myriadaire effervescence de bulles d'or entrechoquées. Les cigales, infatigables énergumènes, disjoignent tour à tour et fondent, trépignement élastique, leurs rythmes bondissants de fakirs en délire, ivres de l'embrasement culminant...

Avons-nous dormi, sur ce rythme hypnotique des cigales ? Le soleil a baissé. La soif nous tourmente. Plus de vin. Il faut partir, remonter, vers l'orifice du caillouteux cratère, dompter à nouveau la brousse, où la chaleur s'est concentrée aux touffes immobiles du ciste et du romarin. Au Javieu, le puits nous désaltérera.

Voici. La bouteille, goulot lesté d'un caillou, est descendue. Elle s'emplit, au fond du trou sonore, et remonte, alourdie de fraîcheur... Mais le fardeau retombe, sa ficelle déjà mûre tranchée par les arêtes du schiste. Rien à faire. Une grosse heure encore jusqu'à notre campement, et l'autre puits.

Dans l'après-midi ivre de cigales et bourdonnant d'insectes, les strophes d'un merle qui nous escorte scandent la savouration de notre souffrance.

Souffrances multiples, et voluptueuses, de cette vie : — un sport. Joie de faire jouer toutes les élasticités de nos êtres, de constater, intacte, notre souplesse sauvage. Oh ! nulle vaine et pédante philosophie stoïcienne ! Perversité pure — si l'on veut — de goûter le piment des incommodités et des souffrances, en cette zône flottante qui sépare et joint plaisir et douleur, et de s'en amuser, puérilement.

Cuisson du soleil sur la peau nue ; corps-à-corps avec les épines farouches ; meurtrissures des sournoises souches, des chausse-trapes rocheuses, dans la brousse ; âpre crispation des pieds, bien que tannés de cal, sur la rugosité madréporique des grèves, ou leur sursaut à la sous-marine agression d'une pelote d'oursin, plantant ses aiguilles jusqu'au derme, d'où on les extirpe avec les gestes minutieux et nus du tireur d'épines, sur les sièges de roc tatouant, pour une minute, nos fesses de stigmates granités... Joie d'explorer nos blessures, de voir tes fines mains parées — sauvages bijoux ! — d'égratignures ; et le sang, témoin de garçonniers insoucis, gouttelant, tiède et salé, sur ta peau brunie. Et cette alerte, hier, lorsque, glissée au bord de la précipiteuse falaise, sur le feutrage des myrtes nains, tu t'agrippas, sans un cri, aux préhistoriques agilités ! Et la vague traîtresse qui, lors du bain téméraire, déferlant sur nos têtes, nous roula contre les écueils, te rejeta, naufragée, au rivage hérissé, haletante de la lutte, mais triomphale et offrant au soleil tes coudes et tes genoux déchirés ! Inconfort du sommeil engainé, aux hamacs parfois battus de vent, transpercés de froid, fouettés de pluie ; nourritures de hasard, attente du poisson qui refuse. Et la faim, et la soif, et les moustiques, et les scorpions : — et nul secours humain à espérer !

Joie de réaliser un peu nos secrets rêves de jeunesse, ces vieux désirs pervers : la trouble convoitise de souffrances inouïes, naufrages et abandons, tout le romanesque délectable caressé jadis dans la pénombre atavique de nos âmes, — ici goûté en pleine réalité !...

Durant le retour s'est levé le mistral, qui balaiera, cette nuit, la pinède habituelle. — Nous coucherons, tantôt, sous les eucalyptus.

Le repas achevé, nous allons, au pied d'un pin, regarder le coucher du soleil. — La mer, sous la frise cendre-bleue du continent, se paillette de blanches écumes ; contre la falaise, les lames clapotent ; elles déferlent là-bas, au ras des roches bronzées que surmontent les éperons d'ocre saillant des croupes vertes.

... Encore un couchant de notre Age d'Or. Encore une longue contemplation animalement ivre de ce jour révolu... La mer, lumineusement rose et glauque, en gorge de pigeon chatoie ; dans le ciel de vermeil où rayonne la gloire du soleil profilant les montagnes lointaines, passe, lent et ample, un vol de goéland.

Les dernières cigales se taisent. Avec des volètements secs, elles vont se jucher, grosses mouches aux ailes nerviées, sur les branchettes du pin qui tremblent dans le vent.

Le crépuscule. Hamacs et couvertures au dos, il faut remonter le ravin enfonçant vers le sud des bois épais, où se détachent sur la confusion des verdures, les nobles ombrelles des pins-parasols ; il faut traverser la paix enténébrée, le mystère de la forêt primitive.

Mais nous ignorons les peurs légendaires. La nature souveraine nous émeut de pacifiques frissons dans la nuit inoffensive qui monte. Ce recul au bout du monde, cette solitude d'antipodes, titillent délicieusement les obscures mysticités, les réminiscences préhistoriques.

Plus haut que le maquis, plus haut que les chênes-lièges, au creux du val, c'est une pente feutrée d'aiguilles et de longues lanières d'écorce, — une futaie sombre et sans un souffle, où deux pins et un eucalyptus, alignés, offrent l'entrecolonnement propice à la tension des hamacs.

Haut dans l'azur crépusculaire se froisse, au vent, un bouquet terminal de feuilles en faucille. A droite et à gauche, de vagues remous bruissent sur la tête des pins. Mais ici, le silence, picoté de grillons. On n'entend même plus la mer.

Recueillis, allongés aux hamacs, nous aspirons la balsamique odeur, le charme mystérieux de cette forêt-vierge. Plus loin que jamais, ici, au cœur de quelle île mystérieuse, notre antique patrie...

L'eucalyptus, à mes pieds, fuse, bifide, lisse et nu comme un serpent, sur le ciel clair encore. A l'est, dans le feuillage plumeux d'un acacia s'allume la première étoile. Et, allongeant la main jusqu'aux aiguilles fines et froides d'un pin nain, je me berce, pendulaire, parmi la volupté de cette nuit primitive.

De vers-luisantes étoiles brillent parmi les ramures, des chauves-souris papillonnent, nous frôlent. Une chouette tinte. Tout proche, un rossignol prélude, alterne ses stances avec celui qui, de l'autre bout du ravin, lui réplique, et supplée les divagations de nos pensées dissoutes au sommeil.

Le bruit des pommes de pin qui craquent et se referment à la rosée, ou choient, cognant les branches, et roulent sur les lanières sèches d'eucalyptus, par instants, me réveillent à demi. Je serre mon âme plus étroitement contre le cœur de la nuit édéniquè ; et, l'œil entr'ouvert, je suis, sur les cimes ténébreuses, la lente ascension des étoiles.

Hamacs

Il en est de somptueux, en soie verte ou rose, ornés de pompons et de fleurs, où les belles créoles font bercer sous la varangue, par le négrillon familier, leur rêverie accablée d'érotismes, aux après-midi tropicaux ;

Il en est, aux villégiatures, de ridiculement parés, modèles peu sérieux, où la miss de keepsake flirte, agaçante et mutine — des hamacs-balançoires que meut le fier jeune homme en flanelle de tennis, au rythme des tziganes du Casino voisin ;

Il en est de toile réglementaire, étroits linceuls pendus court, où les gars de la Marine, entre les tôles des batteries, vibrent au rythme des machines, dans les coups de tangage et de roulis, jusqu'au clairon de la diane.

Mais ces deux-ci, de chanvre simple, sans falbalas, accrochent, jumeaux, leurs guirlandes aux pins-parasols de notre bois sacré qui domine la mer bleue et la frise mauve du continent lointain.

Hors l'Histoire, exotiques en cet Eden insulaire où les cigales, de l'aube au crépuscule, agitent les grelots d'or de l'Eté, ces deux hamacs bercent un Couple délivré.

Plus rien ici, sous le soleil, que la divine et profonde animalité ; la vie libre et nue, hors l'humaine tyrannie du Temps : — il y a un matin, et il y a un soir.

La glorieuse journée qui s'achève dissout peu à peu dans ma chair le souvenir de ses joies ; et allongé comme en sa coque de paille un cigare hâlé au ciel ardent de Manille, tourné sur le flanc je regarde entre les mailles s'éteindre les dernières lueurs crépusculaires.

Le vol muet des chauves-souris passe et m'effleure. Silence : un cri, très haut, de goéland, et la mer qui clapote, au bas de la falaise. La nuit monte : aux ramures des pins, les étoiles s'allument, vers-luisants...

Et, larguant ses amarres, mon hamac s'évade et cingle, pirogue odysséenne, sur les mers du songe.

Là comme ailleurs, il en est de soie verte ou rose ; il en est de ridiculement parés ; il en est de toile réglementaire...

Idylle

Le repas est fini. La plage minuscule
Nous livre — plus un coin d'ombre ! — au soleil qui
Le sable de mica éblouit. Il est temps, [brûle.
Chère ! d'abandonner au vol traître des taons
Le sable où, vers l'azur irrité de cigales,
Du foyer mal éteint fume un fil vertical.

Viens. L'Antre familier des siestes nous attend.

Pour caresser nos chairs de paresses exquises,
Derrière la courtine de myrte et de lierre,
L'aube fraîche et son crépuscule s'éternisent :
Viens dormir, viens rêver dans la conque de pierre,
Viens contempler l'azur liquide de la mer
Et désirer longtemps les délices du bain...

Voici le myrte, et l'alcôve. Le sable est fin
Et frais comme ta joue au baiser du matin...
Mais avant nous, ici, parmi les molles rides
Dont le vent, l'autre nuit, tenta de l'effacer,
Regarde : quels orteils mignons de néréide
Et quel sabot fourchu sous le myrte ont passé ;
Et là, ce modelé trop fidèle qui creuse
L'émouvante effigie d'une lutte amoureuse !

Tu détournes les yeux, et tu ris ? As-tu crainte
Que mon désir s'égare aux contours inconnus ?
— Ou que, plutôt, nos jeux épousant leur empreinte,
Je ne sache égaler le faune biscornu ?

— Chimères !... Mais écoute, moins vaine, ma crainte :
Ce soir, pour ne laisser en notre place vide
Le galbe, ô Galatée, de ton plaisir candide,
Il faudra, d'une main jalouse, tout brouiller,
Car, sinon, le sylvestre dieu (ou bien son frère)
Qui nous guettait, hier, dans le genévrier,
Accourrait, reniflant les pistes étrangères,
Sur notre souvenir rouler son désir fauve...

Le myrte blanc-fleuri parfumant notre alcôve
Encadre l'éblouissement caniculaire :

La mer est bleue, et bleue à l'infini. Le ciel
Vide, sauf un goéland qui fuit à longs coups d'ailes ;
La déserte magnificence de l'Eté
S'immobilise toute, en mal de ta beauté.

Mais, sur le sable ardent, cruel à tes pieds nus,
Laissons rôder en paix, oblique pèlerin,
Ce crabe qui recueille entre ses doigts d'airain
Une figue, relique où ta bouche a mordu...

Savoure, ô Galatée, notre sieste sereine :
Que ton rêve s'amuse aux frêles coquillages
Bleus comme les paupières lasses des sirènes,
Ou roses comme un ongle auroral de naïade ;

Quant à moi, ces roseaux jaunis que la tempête
D'équinoxe a chassés au fond secret de l'antre,
Je les veux ajuster d'une main patiente,
Selon le rite des divinités champêtres :

Afin que ma syrinx, devant l'or du couchant,
Eternisant ce jour d'une suprême fête,
Puisse m'écouter Pan, et sourire indulgent
Au poème que je médite, ô Galatée,
Penché sur le sommeil de ta jeune beauté.

Ile de Porquerolles - Ile du Levant 1909-1914.

Achevé d'imprimer
le 21 Mars 1925
sur les presses de
l'Imprimerie Moderne
de Saint-Brieuc

Les Cahiers de l'Artisan

LUCIEN-JACQUES, Fondateur-Rédacteur

N° 1. — Edmée ALMAGIA, *Poèmes*. Frontispice de William Aguet, gravé par Alexandre Noll *(paru)*.

N° 2. — Henri HERTZ, *Lieux Communs*, poèmes. Frontispice de Alexandre Noll *(paru)*.

N° 3. — Edouard SCHNEIDER, *Poèmes*. Frontispice de Lucien Jacques *(paru)*.

N° 4. — Georges-Armand MASSON, *En habit de Mezzetin*. Frontispice de Maximilien Vox *(paru)*.

N° 5. — Jean LÉMONT, *Fontaines*, poèmes. Frontispice de Lucien Jacques *(paru)*.

N° 6. — Jean GIONO, *... accompagnés de la flûte*, poèmes. Frontispice de Lucien Jacques *(paru)*.

N°s 7 et 8. — Théo VARLET, *Aux Iles Bienheureuses*, poèmes. Frontispice de Lucien Jacques.

Cahiers de l'Artisan

Prix de l'Abonnement pour une année (franco de port) : **70** francs.
Le Cahier : **7** francs.

Le Cahier n°s 7 et 8 : **10** francs.
Le Cahier sur Hollande : **30** francs.

Adresser les abonnements à M. LUCIEN JACQUES " Les Cyprès de Saint-Jean "
GRASSE (Alpes-Maritimes).

www.ingramcontent.com/pod-product-compliance
Ingram Content Group UK Ltd.
Pitfield, Milton Keynes, MK11 3LW, UK
UKHW021522260726
13993UKWH00004B/1840